AF579612

Le fruit de nos entrailles

Margot-Maria Vanbert

Le fruit de nos entrailles

Roman

LE LYS BLEU
ÉDITIONS

ISBN : 979-10-377-9490-1

Pour ma mère
À l'atelier du jeudi

Nena

La petite fille, Nena compose avec son péché originel, le sien, à elle, celui pour lequel elle est la seule coupable. La mère attend le Prince charmant et ce príncipe azul ce sera elle. Le Prince devrait porter le nom du père, la lignée sera ainsi sauvée. La mère rêve en caressant son ventre arrondi durant des heures de son petit garçon. Pas de coup de pied vers les mains caressantes, Nena ne fait pas trop de mouvements, elle se prépare à la grande trahison. Le prénom est tout choisi, Rafael, comme son grand-père.

Quand la frimousse de la petite fille apparaît, la déception est telle, que seules les prémices d'une beauté exceptionnelle atténuent le désastre. La pâleur immaculée de sa peau blanchit la faute, les boucles dorées autour du visage lavent l'outrage. La mère ne veut pas de cette petite Fleur, pourtant la marguerite contre vents et marées va se battre pour exister, vivre en silence en attendant un sourire. Le sourire viendra, mais pour le garçon. Mutisme et quiétude de la pâquerette. Entre les brins d'herbe, elle s'adapte aux rafales du vent, elle boit l'eau de pluie, elle offre au jardin sa beauté sauvage sans une once de méchanceté. Sagesse de celle qui est arrivée avec la prémonition de déranger la quadrature du parterre, tache blanche sur un tableau presque parfait. Elle devient obéissante pour picorer les miettes d'un regard tendre, elle devient le suppôt de la mère pour obtenir les restes d'amour qui lui sont jetés. Elle excelle aux jeux de garçons, les autorités féminines les lui troquent. On lui impose ceux des filles. Elle reçoit sa première poupée, Dulcita, elle l'aime, c'est sa fille, elle s'en occupe, elle l'habille, la coiffe, la baigne. Le père lui fait un petit album photo de la poupée, elle adore son père pour ça, elle adore son père pour tout. La Fleur veut que sa poupée marche, elle le lui ordonne, elle se crispe, elle crie de plus en plus fort, mais Dulcita ne marche pas, l'obstinée. Elle a quatre ans la marguerite, elle ne supporte pas de ne pas être obéie par sa fille. Elle la mord avec rage, une rage venue du plus profond de ses entrailles. Cumul de couches de colères ancestrales, décennies de femmes soumises. Nena cisaille un doigt de la poupée qu'elle retrouve dans sa bouche, elle le sort. Marguerite le regarde effrayée et se met à pleurer pendant des heures, inconsolable. La mère ne comprend rien au désespoir de Marguerite. La Fleur, elle, n'oubliera jamais l'horreur de cette expression de colère.

Un jour, Nena va devenir épouse, presque vierge, elle enfantera, elle est née avec une fente. Deux bourgeons culminent à la poitrine. Quand la Fleur demande des frous-frous pour les retenir, la mère hurle et rit hystérique, elle lui dit : mais il n'y a rien qui pousse là-dedans ! Pourtant, une douleur atroce sévit, les pointes se débattent en silence, elles surgissent. Le jeune oncle veut les caresser, son haleine alcoolisée la révulse, elle fuit, elle court et se met à l'ombre d'un coquelicot.

Un jour, le sang coule, Marguerite n'en parle à personne de ce flux qui coule de la fente pour la première fois. Elle le coupe dans un bain glacé.

Il faut que la petite culotte reste propre, on ne lésine pas avec l'eau de javel sur le coton blanc des filles, sacro-sainte propreté, sacro-sainte patrie, les mots poursuivent la Fleur comme une ritournelle, en bas les femmes doivent sentir toujours bon, il ne faut pas puer le péché.

Non, fluide vermeil, je ne te veux pas ! Je dois être un garçon, un príncipe azul ! Des mois après le premier épisode, elle saigne à nouveau, elle ne peut plus feindre, mais jure de ne pas se laisser cueillir. Personne ne peut la toucher, elle est toujours seule, silencieuse. Petite tige maigrichonne qui ne se nourrit presque pas. La Fleur ne joue pas, elle surveille la ribambelle de frères et sœurs, Marguerite est sérieuse. Pour cette pâquerette, l'aînée, plus une miette.

Pourtant elle apprend à faire la révérence, et le baisemain pour un futur prince charmant.

Les cheveux blonds se mélangent facilement, la mère tire dessus, les nœuds persistent dans la désobéissance, elle s'énerve la mère, Nena pleure, la sadique s'énerve encore plus, « tu n'es qu'une pisseuse ! ». Hargneuse, elle lui arrache une touffe, le cuir chevelu est piqueté de rose.

Maintenant, Pâquerette est soulagée. On a coupé ses pétales à la garçonne, elle est si laide ! Cela lui va, dans le sud, sa blondeur attire le regard avide du mâle. Là, elle a l'air d'une sale môme sur une âme ailée. Pâquerette grandit dans l'horreur du toucher de l'autre, son dos s'arrondit, ombrelle sur ses coquilles pleines, petite voûte qui envoûte son esprit, la protège des regards obscènes. Malgré elle, elle devient jolie, ce n'est pas grave si elle n'a pas de soutien-gorge, ses dunes de chair tiennent toutes seules. Ses longues jambes, sa silhouette svelte sont comme un ruban au vent, haricot sur la tige, herbe folle du potager prêt à s'envoler. Elle invente des histoires qu'elle commence à tracer sur les feuilles. La Fleur mue en belle de nuit, noctambule Nena se balade, mais retourne dans son lit sagement à chaque fois. Quand le jour décline, son lit devient cabane aux épaisses fougères et sa lampe torche son ballon d'oxygène. Elle dérobe la clé de la bibliothèque pour prendre les livres qui lui sont interdits, les Agatha Christie que sa mère engouffre à longueur de journée pour oublier la ribambelle, Nena guette les clés. Elle choisit Papillon de Henri Charrière, l'interdit des interdits pour une jeune fille.

Lire ce qui est défendu, jouer de la guitare et chanter en catalan, alors que la dictature franquiste l'interdit, l'excitent. La Pâquerette prône la liberté, elle chante les hymnes prohibés et les porte en étendard, elle apprend à danser la sardane. Le dimanche après la messe elle s'amuse à danser main dans la main avec les autres, le cercle est rond, résistant. Ce qui enflamme la Fleur par-dessus tout c'est de voir débarquer les gardes civiles pour coffrer les danseurs censurés : ces fauteurs de troubles intarissables !

Et alors, courir comme une folle pour ne pas se faire attraper. Avec leurs tricornes lustrés où le noir reluit, on pourrait presque prendre ces gardiens de l'ordre pour des arlequins de la commedia dell'arte, seulement eux jouent une comédie dérisoire où la fin devient souvent un bain de sang.

Marguerite reste des après-midi entiers à lire les poètes catalans, sève de son cœur. Elle n'a pas le droit de les partager et dans le silence de son âme restent enfermés les poèmes d'une vertu universelle, extrême.

Elle n'est pas prince bleu, mais elle a le bleu du sang royal, le sang rouge du guerrier aussi. Rouge de cœur, bleu des veines.

Virile dans l'âme et féminine à outrance, riche alchimie. Comme un tournesol, visage toujours tourné vers le père, Dieu soleil, qui a toujours voulu une princesse, et de ça elle en est satisfaite. Les mains du père aux veines saillantes comme des rivières au point de sortir de leurs lits, sont agrippées à l'appareil photo, ce sont des mains d'artiste, les mains du père. En dessous, le tripode enraciné dans l'herbe tient un appareil Canon. Nena regarde la photo couleur dans un cadre en bois de marqueterie fine, sobre et élégant comme lui. Des boutons de manchettes en or ferment les poignets de sa chemise en soie crème. Tournesol admire l'homme, sa tête est pleine d'idées. Son Soleil est accroupi derrière l'objectif, concentré, tel un félin prêt à bondir sur sa proie. La Pâquerette contemple cet arrêt sur image. Le père bride ses pensées pour ne pas manquer le moment éphémère qu'il va immortaliser. La petite fille sent la tension de ses mains, il reste longtemps aux aguets, comme le chasseur tapi derrière le buisson. La lumière d'une fin de journée d'été auréole sa tête en arrière-plan. Il a le cœur qui bat doucement, sans bruit pour ne pas distraire l'insouciante. Il est en train de prendre la plus belle image de son enfance, la plus éloquente. La photo est en noir et blanc, petite fille dégustant une pomme entre les dents qui lui restent, torse nu, les petites couettes presque blanches, entourant son visage éclairé par le soleil d'un début d'été catalan à l'heure de la sieste. Les parents avaient couché la marmaille en petits sous-vêtements pour un moment de repos à la fraîche après une fête de communion où, engoncés dans des robes de cérémonie, ils avaient eu chaud. La Fleur, excitée par la chaleur, ne trouvait pas le sommeil, intrépide, elle avait couru jusqu'au jardin des voisins sur la pointe des pieds. L'herbe folle chatouillait ses jambes. Sur la photo, elle mord la pomme avec la même avidité qu'Eve encore au paradis. Des gouttes de jus coulaient sur la peau opaline de son corps maigre. D'une timidité maladive, son visage inclinait vers le sol avec un regard noir et jouisseur. Marguerite dégustait ce moment d'exil naïf, persuadée d'être seule dans le jardin où elle avait dérobé la pomme.

Le bourdonnement d'une abeille, se dirigeant vers les gouttes de jus, l'avait immobilisée. Nena n'avait plus bougé durant quelques minutes, les feuilles des arbres d'un vert cru bruissaient et la luminosité aux ombres grises rayonnait intacte sur le papier photo. Plus tard, lors d'une soirée d'hiver où le mauve l'emportait, la Fleur mettant de l'ordre dans son capharnaüm tomba sur cette photo, intime instant, prise en flagrant délit par son père pris lui-même en photo bouleversent son cœur rouge à jamais. Ce cliché immortalise son premier acte d'insoumission. À côté de la photo, sa croix en bois, elle l'avait reçue ce jour-là, jour de sa première communion.

La tranchée sanguinolente qu'elle creuse avec ses mains princières donne du relief à sa personnalité. Elle apprend à perfectionner la révérence, – « une demoiselle ne doit pas être embarrassée face à une tête couronnée » et – « assouplis ta main, sois gracieuse ma fille, c'est au baisemain obligeant qu'on reconnait la vraie princesse » dit la mère.

Venue du Sud, comme toutes celles qui servent en Catalogne, Josefa travaille au sein de la famille. Elle parle. Ses mots comme des castagnettes folles imprègnent le cœur doré de la Fleur, ses idées s'empourprent. Là-bas, les hommes saignent les olives des propriétaires terriens pour un salaire de misère, sa petite sœur est restée sous terre faute de soins médicaux pour guérir une coqueluche. Pour respirer, il ne leur reste que l'exode. La noirceur rentre dans le palais de verre de Pâquerette. Son cœur se fissure, son corps s'élance, ses cheveux sans attache redeviennent une cascade au soleil. Premières sueurs froides, elle fouille les couleurs des poètes qui trompent ses derniers jours d'enfance. Poésie qui cadence la lenteur des balbutiements de l'existence. Lorca avec ses gitans à couteaux tirés se battant en duels lui inspirent ses premiers cauchemars, Marguerite devient ce gitan trompé par la Sévillane à l'éventail empoisonné. Lors des processions de la Semaine sainte, la vierge portée en grand apparat console toutes les peines. Sa grand-mère vénère la Virgen Maria et susurre sans cesse à l'oreille de la Fleur le nom de son prêtre, Padre Asencio, qui avait eu la gorge tranchée devant elle par les rouges pendant la guerre civile.

Devenue jeune femme, elle ne croit plus aux médailles protectrices à l'effigie de la Sainte Vierge, elle a aussi perdu la foi sur une solution à couteaux tirés. Les gitans ne sont pas plus doués pour le bonheur.

Nena mûrit, Abuelita et le couvent des carmélites où elle étudie sont le tutorat idéal. Eve, pécheresse et aguicheuse, est invoquée sans cesse, il faut la combattre. Rester vierge tout au moins dans sa tête. Matraquage stakhanoviste plus performant que la ceinture de chasteté au moyen âge. Le professeur de religion des adolescentes de l'institution carmélite est limogé. Il a donné un cours sur les valeurs morales du compte du Petit Chaperon rouge, il raconte le rouge, celui des menstruations, du devenir femme, mais surtout du devenir femme convoitée par tout mâle. L'homme va vouloir la dévorer, la d'effleurer, laissant la pauvre jeune fille perdue au ban de la société, morte socialement.

Voilà une façon d'être loyale au souhait de la mère : garçon !

Par terre, la robe de la sévillane, noire à pois rouges se déplie.

Le jour de la résurrection du Christ marque le début de la saison des fêtes sur la place des taureaux.

Le toréador en habit de lumière ouvre le bal, son extrême élégance contraste avec la férocité de son âme, sa cape autour de l'animal virevolte, le saoule. La foule en liesse veut du sang, du sang intact de tout coup d'épée, du sang fumant de l'animal épuisé. Pâquerette a mal. La bête, si forte, si fière, fléchit, met le genou à terre, déshonorée avant d'être achevée au son de l'excitation populaire. Marguerite pleure, rage contre la déloyauté de l'homme.

La mère la traite de faible, elle sent qu'elle trahit de nouveau : un garçon aurait crié « bravo torero », sans une larme.

Le sang coagulé colle à la peau de la bête, il brille. Les cris de frénésie sont à leur comble. De ce sang innocent elle deviendra la justicière, justice contre les humiliés, les âmes sans défense, tous ceux qui sont sacrifiés à l'abattoir du puissant.

Dans sa chambre tout est fleuri, papier peint anglais Laura Ashley, draps et édredons aux multiples dessins de roses, rose bonbon, rose fané, rose sépia, rose petite fille… Sur son journal des traces écrites, des petites pattes de mouche pour transcrire l'indicible, le cahier comme bannière. Elle ne pleure plus, la jeune fille, ses larmes se troquent en lettres juxtaposées, la colère se vide. Mot à mot, le pamphlet existentiel se corse. Les pirouettes sur le lit avec la longue chemise de nuit en pilou laissent penser aux fleurs sauvages menées par le vent d'un bout à l'autre des champs. Jardin d'Eden aux parfums d'enfance avec comme seule liberté, le cahier bleu, bleu garçon, instants dérobés aux lignes rouges sur fond rose. La blondinette devient au fil des pages l'amazone qui tire des flèches sur la cible, les abus.

Le père écrit aussi, ses cahiers en cuir fauve s'empilent dans le secrétaire en acajou. Elle n'a jamais osé les ouvrir, le mystère est insoutenable, mais elle sait que l'écrit est un secret sacré. Écrire pour devenir humain, se pardonner, demander pardon. Elle s'arrange pour l'observer sans qu'il s'en aperçoive. Ses mâchoires sont serrées, la concentration totale, elle le scrute, amour inconditionnel.

L'homme, écrivain, photographe a son bureau et son laboratoire pour y développer les écrits et les clichés. Marguerite passe aussi des heures derrière les vitres opaques. La mère la brûle, le père l'assombrit, brûlure glacée.

Nena tombe souvent malade, elle s'arrange avec les affections, sinusites, pneumonies, bronchites aiguës et pour couronner le tout la destruction totale de sa flore intestinale à force de prendre des antibiotiques qui ne résolvent rien. Elle ne mange rien, l'anorexie s'installe. Elle souhaite rester à la maison, la marmaille à l'école, elle dans son lit, personne à surveiller, personne qui la dérange, la solitude, juste être seule.

Lire, découvrir des pays lointains, des vies différentes de la sienne, et surtout recevoir son repas de midi au lit apporté par la mère qui restera juste deux minutes avec elle. Le père jette les antibiotiques à la poubelle, lecteur de Mességué et naturopathe avant-gardiste, il badigeonne sa gorge de bleu, bleu de méthylène, qui se mélange au sang royal, il passe du temps à analyser le cas de sa petite malade, personne ne comprend. Il colle au mur de sa chambre fleurie un appareil d'ozone pour suroxygéner cette Fleur qui flétrit. Doucement, elle se redresse. Sans appétit, Marguerite a cependant un ventre ballonné, la mère décide de lui faire porter une gaine, faja , en espagnol, le même mot que pour le symbole fasciste, elle a dix ans, elle arrêtera de la porter après la naissance de son quatrième enfant. Enfermement des viscères, calvaire, respiration bloquée, étouffement. Entre les deux camisoles, le cœur s'emballe ! Elle doit danser, elle est gourde, ses sœurs belles et futures ballerines étoiles. La Fleur se sent suppliciée…

Dieu meurt en elle, son père, l'être le plus aimé au monde, meurt aussi.

Choc, non-sens, vide…

Marguerite tourne son cœur doré et ses pétales vers la glèbe, elle veut entrer dans la terre avec lui.

Des années de silence. Elle devient boule de suie, pour une locomotive à l'arrêt.

de

La femme

Bifurcation, la famille aurait dû partir vers l'Amérique, le père aurait dû devenir professeur dans une université américaine renommée, mais sa mort enferme tout le monde dans le chagrin et dans des destins improvisés. Lady bombe naît, la Fleur quitte l'Espagne pour la Belgique. Boursière pour étudier à l'université catholique de Louvain, ses rêves d'études littéraires hispaniques s'évaporent. Elle apprend le français, mais elle ne sait plus tracer par écrit les battements de son cœur. Le français est une langue qui n'est pas la sienne. Elle perd son radeau de survie. Elle n'a pas les outils dans cette langue d'adoption. Elle s'inscrit en sociologie politique, le sang bleu devient rouge, la princesse ne fera pas le baisemain ni la révérence à la reine. Elle va s'engager corps et âme dans les causes humanitaires, lutter en douceur pour moins d'injustice dans le monde. La bande d'amis de la faculté de sociologie est soudée, prête pour la révolution. Elle avec eux se sent infidèle aux valeurs familiales. Elle cache ses tendances gauchisantes, elle se retrouve comme en enfance, quand la Fleur parlait le catalan et dansait la sardane les dimanches sur le parvis de l'église, sous les yeux des gardes civils enragés ! Son cœur balance comme une chouette qui dit « ouuuu, ouuuuu ». Rouge et bleu en pagaille. À qui rester fidèle, aux valeurs anarcho-gauchistes ou à celles de la droite d'une noblesse désuète ?

Les fleurs d'oranger, azahar, disposées en cercle pour une couronne de jeune mariée espagnole d'où dégringole en cascade le voile blanc, pureté, sans souillure, virginité. Marguerite a des fleurs artificielles couleur crème piquées de-ci, de-là, dans un chignon sérieux, serré. Son voile à la sortie de l'église devient les ailes d'une vierge en cavale sous la tempête de vent. Dans la nuit, les bottes jais des fascistes piétinent le voile, elle hurle, cauchemar des femmes rouges à qui on arrache leur nouveau-né offert sans consentement à l'adoption.

Elle se laisse devenir femme, l'homme qu'elle aime la déflore, ses yeux restent fermés, elle a honte, honte ancestrale, elle a peur aussi. À mots masqués, la mère, la grand-mère, les tantes lui ont relaté les histoires d'ogres qui dévorent son esprit. Dictature de la sacro-sainte virginité, celle perdue à jamais par un mâle qui ne peut être qu'avide de sexe. Histoires ancestrales qui se délitent dans leurs bouches médisantes. Heureusement, elles se consolent, après la perte du voile, il y aura l'enfantement. Sans se poser de questions, Marguerite y va, les yeux fermés, les oreilles sourdes, ne pas entendre l'héritage de ces voix du passé. Comme une enfant, elle ferme les yeux et se croit invisible. Étonnée, elle découvre la douceur de l'homme. Confiance.

La femme engendre des garçons, sont-ils assez nombreux pour nettoyer la faute du départ, elle ne le sait pas.

Elle devient mère fusionnelle, havre de paix autour des bébés, rien d'autre, personne d'autre. Ses petits sont le rempart face à la veuve noire, croqueuse de vie, polluante pour les pâquerettes et autres boutons d'or. Les seins inondent avec leur lait, les nourrissons piaillent, grossissent, la mère maigrit. Elle leur chante durant les longues nuits sans sommeil des litanies, mantras à elle. La fatigue devient son plus long oripeau, habit de jour, habit de nuit. Elle les nourrit, eux, bourdonnent de plaisir. Ses fils, rien d'autre, ses fils. La jeune mère douce, belle de nuit fébrile, cauchemarde. Que reste-t-il en elle de la lignée des femmes ? Des soldats aux bottes noires, hautes jusqu'aux genoux luisantes de graisse dont les lettres incrustées en doré, SS de l'armée allemande pour l'une et FE pour le mouvement phalangiste signent le piétinement des fleurs. Ensemble comme dans le Madrid d'après-guerre, ils les écrasent. Dédaigneux ils marchent sur elle, la sève vermeille dégouline sur l'herbe mouillée. Apparition récurrente, ils veulent sa mort, elle court aveugle dans la maison, elle crie, effraye ses enfants et le père qui sursaute à côté d'elle.

Elle est née coupable ! Elle veut sauter par le balcon pour leur échapper. Ceux qui courent derrière elles, veulent sa peau, ils s'en rapprochent, elle va sauter, un guerrier l'attrape, elle ne peut plus sauter, elle se débat, elle tape, mord, sa force se décuple, un cri de douleur la réveille. L'homme qui frissonne à côté d'elle la recouche… Dors, dors, tout va bien.

Les fruits restent accrochés à la tige, la tramontane enrobe de sel leurs corps sans les arracher, ils collent à la branche, le cercle reste intact. Dans le miroir topaze de la Méditerranée, les quatre palmiers se regardent éblouis par le soleil. Le pêcheur, grand-père d'adoption, leur apprend à poser les filets, elle y avait été elle aussi retirer les filets. Cet homme analphabète, qui ne parlait presque pas, posait un regard sur elle plein de tendresse filiale, elle était restée des heures à observer le travail du pêcheur, voguant sur la mer infinie, sa plus belle leçon universitaire. Le ballon aux couleurs orangées se précipite d'un côté à l'autre du jardin, jardin secret à eux, pour eux. La femme n'est plus que mère, dans sa complétude. Les seins s'assèchent, le corps se tasse, le visage se ride, les fils commencent à partir. L'idée de la mort la hante, la séparation suinte, le baume : les pages écrites par milliers, l'amour rêvé, l'amour cherché. Le radeau va tenir flottant avec l'écrit, les mots plaqués avec avidité, les milliers de pattes de mouche sur les feuilles immaculées. Les pétales se courbent et se cachent du soleil pour mieux ternir. Un tilleul couve la Fleur, elle se laisse bercer par la musique des mots, la page tourne. Son jardin devient de plus en plus sauvage, fou. Elle partage avec d'autres fleurs et buissons le cercle des mots. Le soleil et la lune redorent le cœur pas encore fané. La reine mère n'a que faire des parchemins de « son prince bleu » avorté.

La veuve se raconte et raconte lors d'une conversation anodine qu'elle a tout détruit : les mots tracés par le père, ses carnets fauves où la vie est consignée pendant des heures sous la surveillance amoureuse de Nena. Aux racontars de la mère, la Fleur défaille et devenue femme trahie, elle s'en va. L'emprise maternelle n'a plus de prise. Le sang sur le blé fauché anoblit son cœur en berne. Remords ! Elle tire sur la bride sans étalage et décide de rester sur un champ de fleurs, des lettres, des mots, parfums enivrants des reines-marguerites, Duras, Yourcenar… Elle écrit ce qu'elle ne peut pas dire, sous les arbres.

À l'intérieur d'une cage dorée, elle vole dans un va-et-vient incessant sans se sentir prisonnière, son âme n'a que faire des blessures anciennes. Les pages de son histoire, comme des cocottes en papier voguent entre deux barreaux, et se posent à travers le monde, elle en fait le tour en quatre-vingts jours, honneur à Jules Verne avec qui elle a tant rêvé petite fille. À chaque escale, les pétales de Marguerite gonflent comme des ailes sur ses épaules, elle s'envole désormais vers des villes inconnues, celles de ses auteures fétiches. Elle continue leurs histoires, encre bleue sur une liane rouge où ces âmes féminines bravent les soumissions. Lucia l'alter ego de la femme ailée voyage à travers le globe devenu sa *Chambre à soi*, espace de liberté pour s'inspirer, écrire, écouter les battements du cœur des autres. De la *Place de la colombe* dans sa Barcelone natale où la guerre civile déjà loin et pourtant si proche se voit disséquer ses séquelles au bistouri de Lucia. Elle hume le parfum de la ville, si particulier. Zeste d'humidité salée léchant son orée et fusionnant aux particules de chaleur accablante de l'été. Odeur surette des feuilles de platanes écrasées sur le macadam mêlées aux eaux de Cologne des enfants qui collent leurs cheveux indomptés et l'eau de rose des grands-mères vers six heures se promenant sur Las Ramblas, balade où elles dénichent tous les commérages pour assouvir leur vie monotone. L'effluve de la sueur des marins qui rentrent au port et qui parfois s'arrêtent au barrio chino où se délite la fumée de la cimenterie et des industries vieillissantes, mâtinée de l'aigre urine des chiens errants. Sur la place, les Catalans dansent la sardane, ils ont oublié que dans le passé c'était une déclaration de guerre !

Passage sur le Nil à la lumière du désert engorgée d'or comme si les voleurs de ce précieux minerai avaient laissé échapper des centaines de pépites accrochées pour toujours au ciel, le Nil coule au pied de la Fleur enracinée à ses eaux. Les chèvres bêlent et le coq s'époumone dans une basse-cour de terre et de paille. Derrière le sable s'étale à l'infini avalant les crimes inavoués.

Écriture d'une *Si longue lettre* à l'être aimé, Lucia, retenue, ploie sous la colère, Dakar abrite la femme qui pour survivre se voit obligée de partager son homme, ses enfants, son jardin secret. Elle ne peut se battre contre la coutume, l'institution, la religion.

Dans le *Compartiment pour dames* du train à Delhi, Lucia sait qu'elle a vu des palais des milles et une nuit, elle a savouré une ambiance féerique au même temps qu'elle a pleuré la mort d'enfants oubliés en pleine décomposition sur les trottoirs. De sa couchette brinquebalante, elle longe le bras et s'accroche à la main de l'ami, celui de la couchette à côté, celui qui tend toujours la main.

Savannakhet, chant mélodieux sur le Mékong, Marguerite est amoureuse de la fleur du frangipanier, à deux elles déambulent, la mendiante de Calcutta partage son riz gluant, enfin elle pourra se reposer à l'ombre du frangipanier Lucia, le son mélodieux calfeutré dans son cœur s'en va danser à Buenos Aires, une chanson poétique d'Alfonsina l'accompagne de quartier en quartier d'un tango à un autre. Elle compatit avec les mères de la place de Mai qui depuis trop longtemps cherchent leurs enfants perdus durant la période militaire au pouvoir.

Un *Ours* brun à Toronto l'attend, il s'amuse dans le parc avec un écureuil sous les gigantesques arbres aux feuilles mordorées amour disproportionné, si tendre sur l'île du lac d'Ontario. Quand elle sort de la cathédrale saint James, la lumière gris perle de Toronto est déchirée par le soleil couchant, oracle du ciel qui colore d'un camaïeu safrané et rouge l'annonce du froid et de la neige.

Elle revient, Valée de Chevreuse, elle croit avoir fardé l'amour. Elle écrit sur du bois, feuilles tissées de lettres et de virgules, pour l'écraser. Laie en rut, elle l'enterre vivant, l'amour. Le brame du cerf déchire le ciel, poème cristallin de ce paysage serein teinté de blanc, la perle secrète du cœur en berne. Une rivière figée coule, et l'humus agace le nez. Le concert ascendant des oiseaux dégringole. Le bois crisse et une empreinte tracée sur la neige écrase la primevère sauvage. Passion enfermée dans le reliquaire de cette cathédrale, façonnée par la forêt.

Les cauchemars reviennent, ses aïeules les lui susurrent. Au soleil couchant l'aïeule marche dans une ville Méditerranéenne au milieu de l'allée centrale à l'heure de la promenade, elle a des coliques et ne peut se contrôler. Elle s'est souillée, la foule la regarde avec dégoût. Elle souhaite mourir, mourir de honte. Marguerite se réveille en sueur, elle crie, personne ne l'entend cette fois-ci. Son aïeule avait subi la punition, considérée comme « traîtresse à la patrie » elle avait été emprisonnée, tondue, et obligée de se promener dans la ville, préalablement forcée à avaler de l'huile de ricin, ce qui déclencha son honteuse encoprésie.

Les jours se suivent. Au printemps, le rouge-gorge se fracasse sur sa fenêtre. Assidu, têtu, il se heurte avec le rythme d'un métronome. Elle ferme le rideau pour donner du volume à la vitre, il se fracasse encore. Don Quichotte.

Elle décide d'ouvrir, elle ne supporte plus de voir l'oiseau blessé

Il est entré dans sa chambre et s'est posé sur la commode. Il s'est laissé apprivoiser et s'est niché entre ses mains tièdes, son cœur se calme.

Elle embrasse l'oiseau, il devient prince, médecin des déshérités.

Il lui a fredonné : à tes côtés, je ne mourrai pas. Nous serons les « deux gardénias » du poète.

Rouge passion, mésentente du bleu. Les amants parmi les fougères s'appuient sur un mur gris. Corde de pendu, mains autour des visages. Rouge passion, gris du mur, regard mélancolique, un adieu entre le rouge et le bleu.

Lady-ecchymose, bombe-corail, femme qui choisit dans sa solitude sa demeure, tour de cristal qui décompose la lumière au soleil, le prisme se décolore.

Le nid se vide, les chambres, portes fermées, restent bruyantes des sons passés. Hommes maintenant, ils s'en vont, ils sont eux-mêmes, semblables et distincts à la fois. Romantiques, l'amour sonne à leur porte, genres et couleurs se mixent. Marguerite-femme mère-fleur exulte et les pousse hors du nid. Elle en repeint l'arc-en-ciel.

Retour du père-guerrier-arbre, cheveux grisonnants, devoir accompli, le nid se désintègre. Avec de nouvelles brindilles, le couple accommode un autre nid où de la chambre parentale sortent des murmures conditionnés, ils se sont habitués à ne pas déranger le sommeil des oisillons alors qu'aujourd'hui ils ne sont plus que deux dans le logis.

Aujourd'hui elle dessine des lettres pour les offrir à D.F, sa magnifique rencontre. Elle admire l'écrivain, académicien au style limpide, l'élégance de son port. Elle lui remémore leur aventure littéraire en Colombie, il est à l'honneur pour son dernier livre au Hay festival de Carthagène. Elle l'accompagne comme traductrice. Rencontre miracle, rencontre qui tend à la perfection. Le réel déguisé en lambeaux d'abstraction. Écrire de peur de perdre le souvenir, la sueur, la douleur, le bonheur. Ils tracent des mots, les trois, encre rouges du même sang. Rendez-vous court, immense, vital. D.F où le chirurgien de son cœur. Sa crinière argentée, son sourire, son regard au moment où elle arrive pour le petit déjeuner, regard posé sur la femme, délicat comme un papillon sur la corolle d'une fleur. Les discussions sur la poésie contemporaine, la vie, la mort…

Incarnation de celui qui partit trop tôt.

Par ce moment de grâce, elle reçoit la finitude de ce qui avait été fulgurance inachevée, la vie avec son père.

[illegible] questions [illegible]
[illegible] n'est plus que deux dans le [illegible]
[illegible] qu'elle [illegible] une des lettres [illegible]
[illegible] rencontre [illegible]. Elle [illegible]
[illegible] à [illegible] limpide [illegible]
[illegible] de [illegible] leur venue [illegible]
[illegible], l'estant [illegible] pour son [illegible]
[illegible] elle l'accompagne [illegible]
[illegible] le [illegible] rencontre [illegible]
[illegible]
[illegible] l'ombre de [illegible] perdre le [illegible]
[illegible]
[illegible]
[illegible] de son [illegible]
[illegible] son regard [illegible]
[illegible] petit [illegible]
[illegible] comme un papillon sur la [illegible]
[illegible]
[illegible], la vie, la mort.

[illegible] quand [illegible]

[illegible] elle [illegible]
[illegible] avec [illegible]
[illegible]

La dame au chignon blanc

Assise sur un banc du Champ-de-Mars, elle est fascinée par la vue du bel officier de marine embrassant sa bien-aimée, un papillon volette autour de leurs visages, mais ils ne s'en aperçoivent pas. La jeune femme semble protégée par la corpulence de l'officier. Elle est coiffée d'un chapeau, une pâquerette fraîchement coupée orne le côté. La femme au chignon blanc frissonne et serre contre elle sa pelisse comme pour se donner une contenance, sentir ses angoisses soutenues.

Le baiser semble éternel et l'image de ce couple enlacé plonge Marguerite dans les sensations amoureuses de ses ancêtres au cœur du Madrid d'avant-guerre. Soupir. Écartèlement, la période trouble scie encore ses membres. L'acceptation de ces êtres multiples s'effiloche comme par magie.

Ses pensées s'accélèrent, elle sort de la sérénité du présent pour replonger dans l'enfer d'hier en communion avec les ancêtres.

Noirceur des jeunes veuves dans l'Espagne de ses aïeules. Une brise l'enveloppe. La femme au chignon blanc enfile ses gants. Elle regarde le jeune couple qui finit de se fondre dans le baiser, le jeune homme entoure la jeune femme et frôle imperceptiblement le petit chapeau qui glisse. Un léger duvet ravage d'un cancer virulent apparaît sur sa tête, son teint sans l'ombre du chapeau est transparent.

La dame à la pelisse sanglote. Elle pleure ses aïeules, leurs cheveux, leurs féminités, leurs intégrités, leurs luttes perdues. Les blancs rasaient les têtes des femmes considérées traîtres à la nation, les gens regardaient sans réagir, il n'y avait même plus de feu au fond de leurs prunelles, ils courbaient la tête. Les rouges violaient les nonnes sans vergogne, sans que personne ne les défende non plus.

Aujourd'hui, Marguerite coiffe ses cheveux en chignon, maintenant ils sont tous blancs ses cheveux. Devant le miroir, elle songe à ses premiers fruits. Ils ont offert à leur tour des petites, elles sont toutes d'octobre comme elle, petits scorpions. Elle rêve de refaire une révolution d'Octobre ensemble, force tranquille, ode à la lenteur et à la paix.

Peu à peu, elle abandonne ses rêves de jeunesse, son radeau vogue vers la sépulture. Des lettres virevoltantes s'échappent vers les nuages dorés. Pâquerette a grandi pour rendre justice avec sa plume. D'abord le livre de sa grand-mère, enfant prodige interprétant avec son Stradivari les mélodies hispaniques, Sarasate et ses partitions qui la définissaient, ardues, parfaites.

Il sera sacrifié au feu du sacro-saint devoir de l'épouse, façon franquiste, elle va veiller à l'enfantement et à la transmission de la fortune pour la haute société de la post-guerre civile catalane. L'écrivaine rangera dans ses livres consignés avec passion, entre les lignes, des mots subversifs. Histoires qui racontent les violences faites aux femmes, aux homosexuels, aux enfants entaillés dans ce qu'ils ont de plus intime pendant les guerres. Les entrailles de la misère. Marguerite dissèque l'âme humaine, la sentir, la goûter, l'entendre, la regarder pour en détacher une empreinte.

Elle se prétend philanthrope, croit changer l'horreur en poésie en plaquant noir sur blanc les maux de l'humanité. Mots qui s'envolent, dispersant lettres et tendresses bienfaitrices. Aucune réponse à ses oiseaux périssables, rien n'a changé, lettre morte, poésie d'une vie. La dame aux cheveux blancs pense avoir lancé des pavés assourdissants dans la mare alors que les livres se sont noyés au plus profond de l'eau, dans le silence d'une nuit sans lune.

L'auteure ferme la sépulture, déçue. L'herbe folle fleurit tout de même le parterre. Lettre morte, poésie d'une vie. Des fleurs, pivoines blanches, renoncules multicolores, roses anciennes au parfum d'Abuelita, reine marguerite, tout près d'elle, femme de son temps, en apparence obéissante, parfois féroce. Elle a distillé haine contre obédience…

Mausolée dans laquelle ses héros taraudent ses pensées, mais ne vivront plus. Marbre blanc, clématite mauve ou comment enfermer à jamais la vie de ses personnages. Le jardin devient prolixe. La foi s'ébranle, elle n'est plus dangereuse cette dame à la coiffure enneigée dont la plume s'enflamme. Elle peut encore jeter l'encre sur un bout de papier, sur une serviette de bar, tracer des mots sur le sable léché par les vagues, des missives sculptées en forme de cœur sur une écorce de chêne.

De l'éphémère qui s'échappe des veines, finis les livres qui encadrent cette hémorragie bleutée.

Des années à partager la trace du cœur, palpitation au bout de la main sur des pages blanches avec les amis de l'écriture. Impossible d'exister sans tacher des cahiers.

Elle partage aux compagnons de lettres son deuil, ce rêve précoce d'enfance, celui d'offrir en silence son existence sur une page. Timide à outrance, elle ne parlait pas, et pour ne pas se noyer dans les sentiments contraires de son âme, elle crayonne des histoires, de la fiction, pas toujours rose, parfois fantasque.

Les amis écrivains s'accordent. La femme premier violon se tait, des minutes de silence. Chaque voix amicale est l'éclat de lumière d'un feu d'artifice. Un par un les amis lisent les traces écrites durant toutes ces années. L'orchestre a permis d'assumer les moments difficiles, festifs, conflictuels, étapes vitales de chacun. Ils écrivent avec les tripes, avec les rimes, avec les rires, gorge déployée, ou avec des larmes sans barrage, inconsolables. Ils ont écrit pour dire adieu à une mère, pour s'émerveiller de la main tendue d'un enfant, pour protéger une femme battue, pour adoucir un séjour psychiatrique ou une peine de prison.

Chaque étincelle de voix augmente le battement du tambour de la dame à la crinière opaline, son cœur à tout rompre célèbre la plus belle des fêtes intérieures. Comme tous les matins, les cheveux couleur de lune sont coiffés par Marguerite, elle les met en boule avec de jolies épingles, sorte de gâteau au raisin souple ou des mèches s'en échappent gaiement. Elle a l'air respectable avec sa torsade de grand-mère. Devant le miroir elle sourit, il y a bien longtemps, en se levant la première chose qu'elle faisait était de vérifier si le sang était là. Ce sang qui la rendait femme, ce sang qui avait rendu l'espoir complètement vain d'être un garçon. Aujourd'hui, elle a le príncipe azul en elle et la guerrière aussi.

Elle songe au cours de danse, elle devait supporter un chignon très serré et enfermé par un filet pour ne pas laisser échapper un seul cheveu. Cheveux serrés, emprisonnés. Mal à la tête directement !

Elle se remémore le dialogue qu'elle avait eu avec sa meilleure amie à propos de leur spectacle dansé de fin d'année.

La salle aux odeurs âcres d'une fin de journée scolaire se remplissait tous les jeudis d'une quinzaine de scarabées noirs rêvant de devenir des petits rats. Le professeur de ballet, Blanca Rodrigo, première étoile du Liceo de Barcelone, voulait leur faire comprendre que les rêves, il faut les mériter. L'étoile éteinte avait un gros popotin, des pieds défigurés et un nez crochu qui terrorisait les jeunes filles.

— Pas de deux ! Pas de trois ! Allez les filles ! On s'applique.

— Qu'est-ce qu'elle me veut encore cette sorcière ? Je suis fatiguée, moi !

— Moi aussi, elle nous crève ! dit Magda

— Ma chère Magda, tu es douée, toi, par contre moi je me sens comme un flamant rose pataugeant dans l'eau. Je ne sais où mettre mes jambes, j'ai l'impression qu'un de ces jours je vais les entremêler !

— Marguerite à la barre ! Et un et deux, et pas de trois…

La Fleur se sent laide, trop longue, des jambes tremblantes comme celles du poulain qui vient de naître et qui essaye de se mettre debout, ses bouts de seins lui font mal, ils annoncent une poitrine incompatible avec les tutus.

— Marguerite, arrondis ton port de bras, on dirait des baguettes ! Un peu de souplesse, bon sang ! Crie l'étoile éteinte.

Pâquerette est raide : de nature et de peur.

— Tu ne seras jamais prête pour le spectacle de fin d'année. Fais des assouplissements. Avec Magda, au bout de la salle et plus vite !

Elle déteste l'idée du spectacle…

— Allez Marguerite, ne te décourage pas, nous allons nous étirer à deux.

Le calvaire est si long…

— Tu verras, nous serons superbes le jour du spectacle avec nos tutus blancs et nos rubans dans les cheveux.

— Je ne souhaite pas que nos amies et notre famille me voient. Je me sens trop gauche, et en plus, mes sœurs dansent très bien et avec beaucoup d'aisance.

— Oh ! Marguerite, regarde qui est là ! Tu as de la chance d'avoir un si beau papa ! J'en suis complètement amoureuse. Ses tempes grisonnantes et il est si grand. Il te dévisage avec tant de fierté ! me susurre Magda.

La dame au chignon blanc devant le miroir contemple sa coiffe, elle avait accepté le supplice de la danse, pour un instant de ce regard rempli de fierté. Pour un gramme d'amour, la guerrière s'était rendue.

De son chignon, boule plumeuse de pissenlit que les petits-enfants ne peuvent s'empêcher de souffler s'échappent aujourd'hui des cheveux fins qui courent au vent.

Elle est devenue la reine marguerite du jardin de ses lutins, les rires en chœur des petits résonnent loin.

Ses pétales s'ouvrent à l'infini pour les réconforter de leurs incommensurables chagrins.

Des pinceaux et de la peinture, voilà les armes qu'elle utilise pour échanger avec les petits-enfants, créer de beaux tableaux psychédéliques à géométrie variable. Un jour, la plus jeune reprend les couleurs et les formes presque à l'identique de ceux peints sur les murs des cellules de torture, les dénommés chekas, endroits où les rouges torturaient les franquistes. Les peintures riches en couleurs, en mouvements, en sensations, avant-gardistes de l'époque furent utilisées pour empêcher les prisonniers de dormir et ainsi les soldats rouges extorquaient les aveux des traîtres à la république. En regardant le tableau de sa petite-fille, elle a songé au clin d'œil de ses aïeules qui à travers la petite donnaient encore une clé pour qu'elle puisse déchiffrer l'horreur, en compatir et pardonner. Pour diluer la tuerie fraternelle, il faudra des années de prières, d'art et de poésie pendant des générations.

Feu elle est, funambule elle était. Le cordon ombilical coupé, la mère contrariée la nourrit. Mater dolorosa s'éloigne, le père lui tend ses bras. Dandinement du faux prince charmant à la couronne trop lourde. Premiers vocables sur le fil, balbutiements espagnols, ronds comme les ventres où se nichent les bébés, balbutiements français étroits comme le long corps voûté du père sur ses cahiers. Plus tard sur le fil du rasoir, la pâquerette penche trop d'un côté, l'icône chute et se blesse. La lignée l'abandonne, se brise. Sur la vase de l'eau verdâtre, elle ressuscite et comme un nénuphar reprend racine la femme phare. Des fils blancs parsèment son chignon. La corde s'assouplit, sa peau aussi. La corde devient courbe, le dos se soumet, les pas ralentissent. Son regard de plus en plus profond demeure jeune, son sourire aussi. Marguerite perd le fils de ses idées. Le tic-tac de la pendule scande une musique où les minutes sont éternité et les songes se déploient sur des territoires illimités. Aujourd'hui le fil et le corps sont réunis, les cendres éparses déambulent au gré des vents, entre l'est et l'ouest, entre le rouge et le bleu, une lumière apparaît sur la poussière violette.

Table des matières

Imprimé en Allemagne
Achevé d'imprimer en mai 2023
Dépôt légal : mai 2023

Pour

Le Lys Bleu Éditions
40, rue du Louvre
75001 Paris

LE LYS BLEU

ÉDITIONS

www.ingramcontent.com/pod-product-compliance
Lightning Source LLC
LaVergne TN
LVHW050348160826
845677LV00014B/3849

* 9 7 9 1 0 3 7 7 9 4 9 0 1 *